Les neuf de la rue Barbe

Le jeu des neuf familles

Dépôt légal : avril 2021
Première édition
ISBN : 979-1-0363-1072-0

Loi n° 49-956 du 16 juillet 1949 sur les publications destinées à la jeunesse.

Jo Hoestlandt • Irène Bonacina

Les neuf de la rue Barbe

Le jeu des neuf familles

bayard jeunesse

N°8
(maison abandonnée)
N°6
(Tom)
N°4
(Léa)
N°2
(Gaston)
Rue Barbe
GRANDE RUE
N° 1
(Nima)
Bar du bout

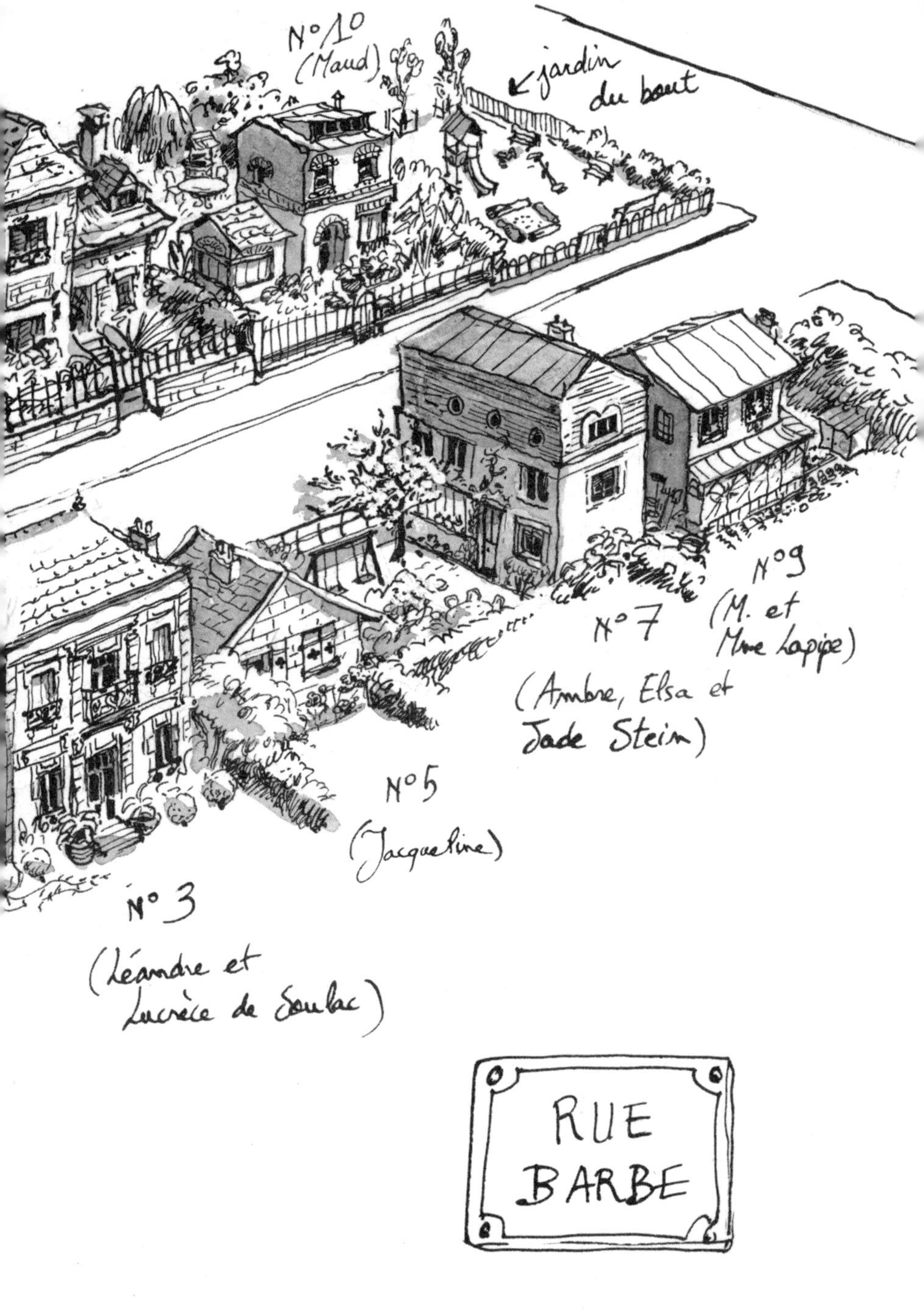

N° 10
(Maud)
jardin du bout
N° 9
(M. et Mme Lapipe)
N° 7
(Ambre, Elsa et Jade Stein)
N° 5
(Jacqueline)
N° 3
(Léandre et Lucrèce de Soulac)
RUE BARBE

Les neufs de la rue Barbe

JADE
ELSA
LÉANDRE
LUCRÈCE
TOM

1
Un noble goûter

Nous sommes une bonne bande de copains et nous habitons tous la rue Barbe, une petite rue tranquille dans une ville moyenne à l'ouest de la région parisienne. Cette rue toute simple se tient entre un bar, qu'on appelle « le bar du bout », et un modeste jardin public qu'on nomme « le jardin du bout » ; pas plus compliqué que ça.

Dans notre bande, nous sommes neuf enfants : Tom Bader, Lucrèce et Léandre de Soulac, Léa

Martin, Nino Legato (quand on était plus petits on pensait qu'il s'appelait Nino-Les-Gâteaux parce que ses parents sont boulangers !), les jumelles Jade et Elsa Stein, plus Ambre leur sœur cadette, et enfin Gaston Legoff, dont la mère travaille dans la police. On va à la même école, et quand on n'a pas classe on se retrouve souvent, pour jouer, discuter, bricoler, tout ça.

On réfléchit à des tas de trucs, ensemble, et on aime bien donner notre opinion...

« Même quand on ne vous la demande pas ! » soupirent souvent nos parents...

Aujourd'hui, par exemple, on a discuté de nos familles.

Ça s'est fait comme ça, au cours d'un goûter où on était tous invités chez les de Soulac, qui habitent la plus belle maison de la rue.

Léa a sonné chez Gaston :

– Hé ! Gaston !

qui, du trottoir, a appelé les filles Stein :

– Hé ho ! les filles !

qui, à leur tour, ont appelé Tom Bader, très fort parce que son père écoutait de la musique à fond :

– TOM !

– Quoi ? Quoi ? Quoi ? on a tous fait.

– Les de Soulac nous invitent à goûter ! Tu viens ? Vous venez ?

– Trop cool !

– Faut pas oublier Nino ! s'est inquiétée Elsa. Il pourrait en faire une crise cardiaque ! Ou un infartruc !

Nino est le plus gourmand d'entre nous, et Elsa, qui veut devenir actrice, a toujours tendance à dramatiser.

Nino était en train de se demander s'il allait se mettre à ses devoirs ; il cherchait mollement sa trousse mais ne la trouvait pas, ce qui commençait mal.

– NINO ?

À l'appel de ses copains, il a ouvert sa fenêtre, au rez-de-chaussée du seul petit immeuble de la rue, juste à côté du bar du bout :

– Vous voulez quoi là, les mecs ? Parce que je suis presque en train de travailler, alors si vous m'interrompez déjà, c'est la fin du début du commencement !

– On est tous invités à goûter chez les de Soulac.

– Invités ? Tous ? Vous êtes vraiment sûrs ? a demandé notre ami Nino, d'un ton légèrement angoissé, craignant une méprise.

– Oui ! Madame de Soulac a bien dit à Léandre et Lucrèce : « Vous pouvez inviter *tous* vos amis à cette petite collation ! »

À ces mots, Ambre s'est figée :

– Une colle à quoi ? Je croyais qu'on était invités à un goûter, moi !

– T'inquiète, c'est pareil qu'un goûter, mais en plus chic ! lui a répondu Léa.

Cependant Nino continuait de s'inquiéter :

– Mais il y en aura bien pour tout le monde ? On sera neuf, tout de même ! ça fait du peuple à nourrir en brioches, ça !

Léa a dit :

– Je crois que les de Soulac en auront prévu bien assez ! On n'est plus au temps de la Révolution !

– Pourquoi tu dis ça ? s'est étonnée Ambre, la plus jeune d'entre nous.

– Bah, on ne t'a pas raconté ça, en histoire, quand la reine Marie-Antoinette se moquait du pauvre peuple avec ses nobles amis en disant : « S'ils n'ont pas de pain, qu'ils mangent de la brioche ! »

Ambre a secoué la tête :

– Non, on n'a pas appris ça...

– Brioche qui a mis la France à feu et à sang ! Et envoyé les nobles comme les de Soulac se faire couper le cou à la guillotine ! a peaufiné Gaston.

À ces explications, Nino a fait une moue sceptique :

– Comme vous le savez, mon père est boulanger, et moi je vous l'affirme, c'est im-pos-sible de mettre tout un pays à feu et à sang rien qu'avec des *brioches* ! Ça ne m'étonnerait pas que ce soit les fake news de l'époque...

– Et les sans-culottes aussi, tu crois ? a plaisanté Tom... Parce que, je m'excuse, mais une supposition : si toi, Nino, tu faisais la Révolution, la moindre des choses ce serait d'enfiler un pantalon, non ? Par respect pour tous ceux qui, plus tard, devront apprendre la leçon d'histoire !

Nino a ronchonné qu'il était hors de question de toute façon qu'il fasse la révolution, qu'il détestait la violence, et ne pouvait même pas voir couper le cou d'un poulet, alors ! Quant aux brioches, il avait tout ce qu'il fallait à la maison, merci !

Sacré Nino ! On s'est dirigés en pouffant vers la maison des de Soulac.

Ce qu'on aime le plus, chez eux, ce sont les belles lanternes qu'ils allument à la nuit tombante, pour éclairer leur perron.

Chacun s'en émerveille à sa façon :

– C'est poétique...

– C'est chaleureux...

– Ça a du charme...

– C'est romantique...

– On se croirait dans le conte du Petit Poucet... quand les enfants perdus aperçoivent au loin la lanterne de la maison de l'Ogre..., dit Léa, qui aime beaucoup les contes d'enfants perdus, et retrouvés à la fin, pour que tout se termine bien.

Même si l'on n'était qu'en milieu d'après-midi elles étaient déjà allumées, sans doute pour honorer notre venue. Elles diffusent une lumière très chic, très douce, genre palace-hôtel. On s'attendrait presque à voir Spirou devant la porte, avec un petit chapeau rond rouge sur la tête comme dans les vieux albums que collectionne le papa de Léa. Mais sur le seuil il n'y avait que nos amis, Léandre et Lucrèce de Soulac, et leur chien.

Il porte un beau collier mais, évidemment, il fait quand même moins chic qu'un groom devant un palace !

– Comment il s'appelle, déjà ? a demandé Ambre un peu crispée.

Quand elle était plus petite, les chiens la terrorisaient.

– Danton ! a répondu Lucrèce de Soulac.

Devant notre visage perplexe, son frère Léandre a ajouté :

– Humour ! Évidemment !

Et alors le visage de Nino s'est éclairé :

– Oh ouais, bien sûr ! Je n'avais pas percuté tout de suite ! C'est trop marrant de l'avoir appelé Danton... *Exactement* comme la station de métro où habite mon tonton ! Mais comment vous le saviez ?

– On ne le savait pas, c'est un hasard... Mais d'accord, si tu veux..., a rectifié Lucrèce avec beaucoup de diplomatie pour ne pas paraître trop critique vis-à-vis de Nino et aussi à cause de l'égalité, la fraternité et tout ce qui fait la République française.

– Mais, a-t-elle ajouté, nous, on avait surtout pensé au Danton révolutionnaire, qui aboyait très fort ses discours, institua la Terreur et envoya plein de monde à l'échafaud...

– Y compris quelques-uns de nos ancêtres..., a ajouté son frère Léandre.

On s'est un peu étonnés qu'ils aient baptisé ainsi leur chien, parce qu'il émet un aboiement assez ridicule qui donne plus envie de se ficher de sa gueule que de s'enfuir terrorisé...

– Sans vouloir vous vexer, ni lui ni vous, il ne fait pas très peur, votre Danton..., a risqué Léa.

– Oui, on le sait..., a soupiré Léandre. Mais lui, il l'ignore. Il aboie aussi fort qu'il peut, le pauvre, et se croit ainsi terriblement impressionnant...

Sa sœur, Lucrèce, la main devant la bouche, sans doute pour que le chien n'entende pas, nous a confié à mi-voix :

– Mais parfois on lit une sorte de doute dans ses yeux... On a l'impression qu'il se demande s'il est aussi brave que ça... Nous, on ne voudrait pas qu'il nous fasse un complexe, qu'on soit obligés de l'emmener chez la psy « pour réparer son ego maltraité », comme disent les spécialistes, alors on le félicite : « Bravo, Danton ! Tu es une vraie terreur ! » En général, ça suffit à le rassurer ; il agite la queue, tout content !

Léandre a ajouté :

– Il est un peu idiot, mais bon, si tout le monde était très intelligent et très courageux, l'intelligence et le courage ne vaudraient plus rien...

– C'est vrai, ça ! a approuvé Nino en hochant la tête. Je ne me l'étais jamais dit, mais... si les idiots n'existaient pas, ils n'auraient pas l'air si malin, les malins ! En plus, « maltraiter un nigaud », comme disent les pschi, c'est trop facile !

Nino sait de quoi il parle. À cause de son embonpoint et de sa naïveté, il est souvent moqué des autres. Heureusement on est là, nous ses amis, pour le défendre !

« Comme d'Artagnan et ses potes mousquaires ! crie parfois Nino avec enthousiasme :

Un pour tous ! Tous pour un !... Enfin, sauf si c'est pour des gâteaux ! » ajoute-t-il parfois pour nous faire rigoler.

– D'ailleurs, au sujet du chien, si on peut vous demander un service..., a repris Lucrèce. Quand vous passez devant notre grille et que Danton aboie, si vous pouviez faire *semblant* d'avoir super peur, ce serait sympa pour lui, ça l'encouragerait formidablement...

– Ah oui ! Je comprends ! Comme quand la maîtresse nous félicite pour notre dictée si on n'a fait que dix-huit fautes au lieu de vingt-quatre ! a proposé Nino.

– Exactement ! a approuvé Lucrèce.

Danton furetait dans la haie, faisait semblant de ne pas écouter mais ne perdait sûrement pas une miette de notre conversation. Il s'est alors tourné vers nous avec un sourire joyeux qui lui fendait la gueule en deux jusqu'aux oreilles ! Et,

pour nous démontrer qu'il méritait bien son terrible nom, il s'est mis à déchiqueter sa baballe avec une terrible application.

Après cette parenthèse sur Danton, Ambre a demandé aux de Soulac :

– On peut vous demander pourquoi vous nous invitez aujourd'hui ? C'est l'anniversaire de quelqu'un ?

Et elle a timidement ajouté :

– ... parce qu'on n'a pas pu acheter de cadeau...

– Oh, pas la peine ! a répondu Léandre. C'est seulement une proposition gracieuse de notre mère.

Une proposition gracieuse? C'était bien la façon de parler d'un de Soulac, ça, tiens! Mais en même temps cette expression allait parfaitement à leur mère, toujours aimable, polie, et gracieuse effectivement.

Malgré l'accueil de nos amis sur le perron, Nino a quand même voulu sonner à leur belle grille en fer forgé, juste pour le plaisir d'entendre résonner l'agréable petite musique qui s'ensuit: une mélodie d'un très ancien compositeur qui s'appelait Lully et l'avait composée pour Louis XIV, et dont Nino ne se lasse pas.

Quand les de Soulac ont acheté leur maison, des piques acérées ornaient les barreaux de leur grille. Mais ça rappelait de trop mauvais souvenirs à leur famille, qui a vu une partie de ses membres se faire embrocher et couper le cou sous la guillotine pendant la Révolution. Alors madame de Soulac, la main sur le cœur, s'est écriée en arrivant rue Barbe : « Enlevez-moi ces horreurs immédiatement, ou je vais m'évanouir ! »

Des ouvriers sont venus le jour même, ont tout scié, et maintenant un révolutionnaire mal intentionné qui passerait par là l'aurait dans le baba ! Les révolutionnaires ne courent pas les rues, et c'est donc surtout bénéfice pour les voleurs, qui peuvent enjamber la grille sans crainte de déchirer leur fond de pantalon comme un vulgaire sans-culotte.

La maison a d'ailleurs été cambriolée deux fois.

« Mais, grâce à Dieu, les voleurs n'ont pris que de l'argent ! » nous a rapporté madame de Soulac, à notre stupéfaction.

Devant notre air surpris, elle nous a expliqué qu'ils possédaient chez eux des objets, des tableaux, qui valaient beaucoup plus que l'argent dérobé... Ce que ces idiots de voleurs ignoraient, évidemment.

– Les cambrioleurs devraient s'instruire avant

de se lancer dans le métier, ça leur éviterait ce genre de boulette ! en a conclu Nino.

Et ce n'était pas faux.

Quand Léandre et Lucrèce nous ont montré ces tableaux de valeur, franchement, on a compris la boulette des cambrioleurs ! Ils ne semblaient pas précieux du tout. Pour tout dire, on les a trouvés plutôt moches !

Mais on n'a rien dit pour ne pas vexer nos amis. Les souvenirs de famille, c'est sacré !

– Dans toutes les familles, c'est pareil ! s'est d'ailleurs exclamée Jade. Chez nous, dans un tiroir, on a de très vieilles photos à moitié déchirées qui datent de l'ancien siècle, en noir et blanc ! Nos parents y tiennent comme à la prunelle de leurs yeux ! Alors que les dernières photos prises pendant nos vacances, en Italie et en couleurs évidemment, où Elsa, Ambre et moi, on est super belles toutes les trois, eh bien, ils ne les impriment même pas !

Gaston a renchéri :

– Moi, mon père a gardé son costume de marié ! Alors qu'il a pris dix kilos depuis son mariage et qu'il est divorcé de ma mère depuis deux ans ! Un moment, j'ai cru que c'était quand même sentimental, en souvenir... mais il m'a dit, texto : « Si tu veux, mais alors c'est pour me souvenir de ne plus jamais recommencer !... »

On s'est tous regardés par en dessous : c'était une blague ou pas ? On n'était pas sûrs... Prudemment, on a fait des sortes de grimaces que Gaston pourrait interpréter à sa guise.

– Et moi, a raconté Léa, ma mère a gardé une vieille assiette en plastique avec un petit chien tout effacé. On ne devine plus que son museau et sa queue, mais c'est celle de son enfance et, à ses yeux, elle vaut de l'or...

Et elle a résumé le tout :

– À chacun ses trésors...

Madame de Soulac, tout sourire, nous accueille ainsi :

– Bonjour, les enfants. Je suis en-chan-tée de vous recevoir à cette petite collation. Entrez, et faites comme chez vous.

Madame de Soulac parle toujours comme dans notre livre de français ; sa conversation, on dirait une dictée pleine de guillemets et sans aucune faute d'orthographe.

On entre, comme elle nous y invite, mais sur la pointe des pieds pour ne pas tout cochonner. Quant à faire comme chez nous, c'est évidemment impossible. Comment pourrait-on se sentir chez soi dans un livre de vocabulaire ?

Madame de Soulac porte une jolie robe décolletée et fleurie qui lui va très bien, qui met son joli cou en valeur – et on comprend qu'elle y tienne, puisqu'ils ne sont pas si nombreux, parmi ses ancêtres, à avoir eu le bol de le garder en entier et la tête posée dessus, comme il se doit.

– Allez-y, défaites-vous dans le vestibule. J'espère qu'il y aura assez de patères...

Lucrèce nous traduit :

– Accrochez vos blousons aux portemanteaux de l'entrée !

Heureusement que notre amie parle les deux langues : la noble et la nôtre !

Une fois qu'on s'est débarrassés de nos blousons, madame de Soulac, portant déjà un plateau, propose :

– Je lance un appel à la cantonade : qui veut m'aider à porter les mets ?

Nino a compris le principe et, voyant arriver le goûter promis, il s'enhardit :

– Pas besoin d'appeler votre cantonade ! Moi je suis là ! Je vais vous aider ! Où je les mets, vos mets ?

– Là, sur la table de gauche, mon poulet... Attention au guéridon, il est fragile...

Troublé de s'être fait appeler « mon poulet », et se demandant bien ce qu'est « un gai ridon », surveillant où il pose ses pieds au cas où ce serait un genre de joyeuse bestiole de noble à éviter, Nino passe trop près d'une petite table bancale à trois pieds et renverse le précieux vase dans lequel un magnifique bouquet de lys roses et blancs s'épanouissait. L'eau se répand sur le bois verni du guéridon, et sur le parquet.

À notre stupéfaction, madame de Soulac s'écrie alors :

– MerDRE !

Exactement – ou presque – comme n'importe laquelle de nos mères dans la même situation. Du coup, on se sent un peu choqués. Si madame de Soulac fait comme chez nous, alors ce n'était pas la peine de nous inviter chez elle !

En plus, notre copain Nino est devenu rouge de honte, le pauvre, alors on se précipite pour aider, éponger, essuyer avec les serviettes en papier, on remet de l'eau dans le vase, les fleurs dedans. En deux ou trois minutes, ouf, tout est réparé.

Nino, cramponné au plateau à gâteaux, n'a plus bougé.

– Je protège le principal..., nous dit-il, ajoutant : Déjà qu'il y a eu un malheur, il n'en faut pas un deuxième...

2
La galerie des ancêtres

En fait, la petite collation est un énorme goûter !

Rien qu'à le regarder, Nino a le ventre qui grogne.

– Pardon, dit-il, ça me fait toujours cet effet-là, l'heure du manger. C'est comme une alarme...

Notre ami Nino, c'est un Gargantua, ce Ninobélix du Moyen Âge ! Même lui n'aurait pu rêver goûter plus abondant et plus délicieux !

Brioches, croissants, petits pains fourrés à la confiture et au chocolat, raisins, fruits confits, guimauves, jolies coupes de fruits frais, fromage blanc crémeux, mousse au chocolat-noisette, tartes aux pommes et aux abricots, un énorme moelleux au citron meringué... Le tout à déguster dans de charmantes petites assiettes décorées de minuscules marquises et marquis perruqués qui se poursuivent et s'attrapent comme à colin-maillard, les yeux bandés.

– Merci pour ce goûter royal ! lance poliment Léa en direction de madame de Soulac, qui, un verre de champagne à la main, a déjà retrouvé son noble sourire et s'écrie :

– À votre santé !

Elle boit une gorgée, et de l'autre main se masse la gorge et le cou, comme pour vérifier si tout continue de bien se passer de ce côté-là, et ouf.

– Mais, que fête-t-on, *exactement*? interroge encore Léa.

– Mes saints, bien sûr! répond gracieusement notre hôtesse, accompagnant ces mots d'un rire léger comme un oiseau.

On louche sur sa poitrine et on rougit.

Ses seins? Mince alors! Ça se fête, dans la noblesse?

Mais juste après elle nous explique, et on comprend qu'on a sans doute fait une petite faute d'orthographe.

– Mes parents m'ont appelée Marie-Antoinette-Amour, et nous les fêtons tous le même jour, celui de la Saint-Amour, par commodité.

Oh là là! *Marie-Antoinette-Amour*? Comment peut-on s'appeler ainsi dans la vraie vie? Et pourtant, à la regarder, il n'y a pas de doute: elle porte divinement bien son prénom.

– Je ne savais même pas que ça existait, ce prénom d'Amour..., fait Nino en extase. Mais c'est beau de s'appeler comme ça, je trouve... Et il vous va très bien, votre prénom...

Il l'affirme avec une vraie sincérité, et tous, on approuve :

– Oh oui ! On ne voit vraiment pas quel autre prénom vous aurait mieux convenu !

Madame de Soulac nous remercie d'un sourire où l'on peut lire à la fois noblesse et gentillesse, et sort de la pièce, droite comme un i et la tête qu'on ne lui a pas piquée, bien haute, royale. La classe ! C'est d'ailleurs le mot qui revient le plus souvent dans la bouche des autres habitants de la rue quand ils décrivent les parents de nos amis : « Les de Soulac ont naturellement de la classe ! »

Et c'est vrai.

On pense à nos mères, qui s'appellent Myriam, Julienne, Colette, Nathalie... qui sont des amours aussi, évidemment ! Mais on n'aurait jamais l'idée qu'elles puissent en porter le nom !

C'est un nom hérité d'une autre époque... Comme ces lustres, ces tableaux, cette vaisselle, tout cela qui nous semble aussi sorti d'un livre d'histoire...

C'est d'ailleurs ce que dit, rêveusement, Elsa :

– J'ai un peu l'impression d'avoir franchi l'espace-temps, chez vous, et de me retrouver loin, loin, loin dans le passé...

C'est vrai. Et Gaston se dit que notre petite bande, bavant devant cette profusion de brioches, de crèmes et de confitures, ressemble un peu, sans doute, aux anciens pauvres du livre d'histoire, ceux-là mêmes dont Marie-Antoinette disait avec une légèreté bien coupable qu'ils n'avaient qu'à manger de la brioche.

– Ch'était vraiment pas gentil à la reine de se moquer des pauvres ! déclare Ambre, dont les pensées ont dû suivre le même chemin que celles de Gaston.

– Et surtout, on blague pas avec le pain ! s'indigne Nino.

– C'est vrai ! approuve Léandre de Soulac lui-même. On comprend que les mots de la reine leur soient restés sur l'estomac que le pain n'avait pas rempli, aux pauvres !

– Mais on l'a payé cher, tout de même..., nuance Lucrèce. Couper la tête de quelqu'un, c'est... radical !

– Bah, c'est le moyen le plus rapide de couper la parole à celui qui dit des bêtises..., observe Tom.

– Heureusement que ça n'existe plus, la guillotine ! s'exclame Nino. Avec toutes les bêtises que je dis, moi, je serais mort trop jeune...

On ne sait pas bien s'il plaisante ou pas, Nino, en disant cela. Alors on lui fait les yeux doux, et on proteste un peu :

– Mais non, tu ne dis pas trop de bêtises !

– Juste assez pour faire rigoler tes copains !

Nino nous sourit, du chocolat plein les dents.

– Imaginez, reprend Gaston, en montrant notre belle table garnie de toutes ces douceurs, imaginez autrefois : les pauvres qui n'avaient même pas de pain et voyaient les nobles se goinfrer et *tout ça* leur passer sous le nez !

Nino poursuit, avec une véhémence qu'on ne lui connaissait pas, mais le « pas de pain » lui a fait monter la moutarde au nez, au fils du boulanger :

– Évidemment qu'ils ont fait la Révolution ! Moi, ça me rendrait aussi enragé qu'eux ! Et pourtant j'aime pas la violence !

Mais on s'aperçoit que la conversation met peut-être à mal ceux qui nous reçoivent et qui ne ressemblent plus du tout aux nobles d'autrefois. Alors Léa déclare :

– Bon, on n'est pas au château de la reine! On se trouve seulement dans la belle et grande maison de nos amis qui nous offrent à goûter. Alors on peut manger tout ça de bon cœur, non?

– OK! sourit Nino, qui ne se le fait pas dire deux fois, et nous non plus, sauf Jade, qui a des goûts un peu spéciaux en matière de goûter et demande timidement à Lucrèce si par hasard il n'y

aurait pas non plus, en réserve dans son frigo, un petit morceau de fromage et quelques cornichons... Ce que Lucrèce, polie et bien éduquée, lui apporte volontiers et sans faire de commentaire.

Mais, une fois qu'on a fini de s'empiffrer, on se sent des fourmis dans les jambes.

Alors on demande à nos amis :

– On peut monter dans vos chambres ?

– J'adore ton lit à baldaquin, Lucrèce !

– Mais c'est dommage que vous n'ayez pas de robinet en or massif dans votre salle de bains ! J'en ai jamais vu, ça aurait été l'occase...

– Ni de valet pour vous apporter le petit-déjeuner sur un plateau le matin ? Ce serait la vraie classe, pourtant !

Léandre et Lucrèce pouffent de rire.

– Arrêtez de vous moquer de nous, les copains ! C'est fini, le temps où les gens qui s'appelaient de Soulac n'avaient rien d'autre à faire que bavarder, parader au bal et au théâtre, et tout ça ! Nos parents travaillent comme les vôtres, vous savez bien !

– Dommage..., soupire Elsa, pensive. J'aurais bien aimé, moi, passer mon temps à me faire belle, me colorier les ongles, me promener, voir des spectacles, tout ça...

Léa assure qu'à elle, personnellement, ça n'aurait pas plu de ne rien faire d'autre que de parader...

– Même si, sans doute, ajoute-t-elle poliment, vos ancêtres étaient des personnes remarquables...

– Oh oui ! Certains, en tout cas ! approuve Lucrèce.

– Vous voulez les voir ? nous demande son frère.

On se lance des regards inquiets :

– Euh... voir vos ancêtres ?

Ambre balbutie :

– Ceux qui ont réchappé de la guillotine ?...

Tom s'exclame alors, tout excité :

– Des morts-*vivants* en quelque sorte ?

Nino déglutit avec difficulté :

– Euh, franchement, ça ne m'intéresse pas trop... Ce sera sans moi ! D'ailleurs, puisqu'il n'y a plus de valet, faut que je débarrasse la table, moi.

Mais Léandre et Lucrèce éclatent de rire :

– Mais non, pas nos ancêtres en chair ni en os ! Leurs *portraits* ! Dans la galerie, venez voir !

– Waouh ! Vous avez une galerie des Glaces, comme chez Louis XIV ! s'extasie Elsa. Ça, c'est super chic pour le coup !

Mais Nino fait la moue :

– Quand on est allés visiter le château de Versailles avec l'école, personnellement, moi, j'ai été un peu déçu...

– Bah, t'es difficile ! constate Léandre. Et pourquoi ?

– Je croyais que ce serait une grande galerie marchande et qu'il y aurait plein de marchands de glaces... Mais j'étais naïf à l'époque..., explique-t-il.

Les de Soulac ont les portraits de leurs ancêtres accrochés aux murs d'un long couloir, c'est une galerie mais moins glacée qu'au château de Versailles.

Léandre nous renseigne sur les œuvres :

– Certaines sont assez anciennes...

On regarde les portraits, tout sombres, et on comprend que les voleurs ne s'en soient pas emparés. On essaie d'imaginer les gens, en vrai, dans leur vraie vie de l'époque : ils ont eu cette tête-là, cette robe-ci, ce genre de coiffure...

– Regardez, dit Lucrèce, c'est une arrière-arrière-grand-tante, et on dit que je lui ressemble un peu.

On s'agglutine autour de la jolie statue d'un buste de fillette.

Léa approuve :

– Oui, tu as un peu le même front, et le même nez...

– Pas la même coiffure, heureusement ! Elle ne t'irait pas du tout ! juge Elsa.

– Tu es bien plus jolie ! affirme Nino. Moins blanche ! T'as l'air en meilleure santé !

On éclate de rire !

– Mais elle est *en marbre*, Nino ! Alors évidemment qu'elle est blanche ! dit Lucrèce.

Un peu vexé, Nino bougonne :

– N'empêche, elle est vraiment TRÈS blanche et elle a l'air malade... Tu t'approches de moi avec cette tête-là, moi je m'écarte, j'ai peur que tu me vomisses dessus !

On a du mal à s'arrêter de rigoler.

– Heureusement que tu ne fais pas guide de musée, toi ! Les visiteurs auraient droit à des explications quelque peu vaseuses !

– Peut-être, concède Nino, mais ils rigoleraient davantage !

Là, on tombe tous d'accord avec lui !

Le fou rire terminé, Léandre nous raconte :

– En fait, la vraie anecdote est drôle aussi. Ce petit buste est une œuvre mineure du sculpteur Houdon. Et elle a sauvé notre ancêtre ! Quand les révolutionnaires sont venus et ont pillé son château, qu'ils l'ont interrogée sur ce qu'elle possédait comme trésor et où elle le cachait, notre ancêtre terrorisée a gémi : « Houdon... Houdon... » Les sans-culottes ont cru qu'elle se demandait : « Où donc, où donc ? » Ils ont pensé que, sous le choc, elle avait perdu la tête sans même qu'ils aient eu besoin de la guillotiner ! Ils l'ont abandonnée là, dans sa belle robe, un soulier de satin perdu dans les décombres de son château...

– Waouh, quelle histoire géniale ! s'exclame Elsa. Mais... elle est connue par d'autres que vous ? Ça ferait un film super ! Ne vendez *surtout* pas les droits avant de m'en parler, parce que je me verrais très bien dans ce rôle dramatique, en fait...

« Où donc... Où donc... », nous joue-t-elle en direct, l'air égaré, mais sans la perruque, ni la robe et le soulier de satin – ça, faut l'imaginer.

Lucrèce hausse les épaules :

– C'est seulement une anecdote de famille, une histoire qu'on se passe de génération en génération... comme dans toutes les familles.

– Euh... dans toutes les familles, peut-être pas quand même..., nuance Nino. Enfin, celles de ma famille à moi ne sont pas aussi... historiques... Faudrait d'ailleurs lui dire, au ministre de l'Éducation nationale, de mettre plus d'histoires comme la vôtre dans nos manuels, je trouve... ça serait plus vivant !

La lumière, dans la galerie, entre par deux hautes fenêtres. Elle est à la fois claire et douce ; un mur noir, face aux fenêtres, l'absorbe quand, par temps resplendissant, trop de soleil pénètre.

On défile là comme dans un musée :

– Une table Louis-Philippe..., nomme Lucrèce.

Alors on suppose que ce Louis-Philippe est un oncle, ou un grand-père menuisier...

Lucrèce continue :

– Là, dans la vitrine, un manuscrit d'un jeune poète qui avait demandé une bourse à Napoléon...

– C'est quoi, une bourse ? interroge Ambre.

– Des sous ! répondent les autres, en chœur.

– Hé, Napoléon ! Ne bouge pas ! La bourse ou la vie ! s'exclame Tom, menaçant dans le vide, avec une épée imaginaire, un invisible Napoléon.

– Jamais de la vie ! répond Gaston, surgissant devant lui, la main glissée dans son pull, comme Napoléon.

– C’est pas plutôt dans les Dalton, ça, la bourse, etc. ? demande Nino.

– Et les voleurs dans les westerns...

– Ou les brigands, au Moyen Âge..., suppose Léa.

Marie-Antoinette-Amour, qui nous a rejoints, émet un petit rire, mais qui n’est pas moqueur, un petit rire *spirituel* plutôt :

– Non ! Ce poète n’était pas un gredin ! Mais ce n’était pas non plus un excellent poète, il faut bien l’avouer ; il était un peu *fat*, et il n’est pas passé à la postérité... Il ne l’a pas obtenue, cette bourse. Et on n’a gardé que sa demande à Napoléon...

Nino chuchote à Lucrèce :

– Dis donc, « *fat* », ça ne veut pas dire « gros » en anglais ?

Lucrèce acquiesce.

Alors, Nino, mécontent, grince :

– Bah, si Napoléon n’a pas donné de sous à ce poète seulement parce qu’il était un peu gros, bonjour la dis-cri-mi-na-tion ! Pas la peine de se demander pourquoi il n'est pas resté plus longtemps empereur !

Mais on commence à fatiguer, alors :

– On pourrait monter dans ta chambre à baldaquin, maintenant ? suggère Léa à Lucrèce.

– Oh oui, d'accord ! répond notre noble amie.

Et c'est ce qu'on fait.

3
Une sieste royale

On s'est tous assis sur son lit à baldaquin qui lui fait un ciel bien tendu de tissu étoilé et des murs de rideaux bleutés. Ce lit lui vient d'une arrière-arrière-grand-mère.

– On pourrait monter sur le toit du lit et jouer au trampoline ! s'est enthousiasmée Ambre... Mais, s'est-elle ravisée, le plafond n'est pas assez haut, on risque de s'y écrabouiller et d'y rester collé comme un moustique... Dommage.

– On n’a qu’à dire qu’on serait dans une cabane, plutôt, non ? a proposé Léa. Pour changer un peu des reines, des rois, des châteaux, de tout ça...

On se sentait vaguement barbouillés, on avait peut-être trop bu, trop mangé, trop vu... On n’était pas habitués... Une indigestion de riche...

On a fermé les rideaux.

– On est super bien dans une cabane... entre amis..., a dit Nino.

On s’est tous serrés les uns contre les autres. On se souriait. On était heureux.

– On se tient chaud..., a constaté Jade.

– Un peu trop, même..., a jugé Elsa.

Gaston, coincé comme un cornichon dans un sandwich entre Léa et Jade, a démenti :

– Non... c’est juste bien comme ça, je trouve...

Il y a eu un moment de silence où on aurait pu entendre voler une mouche s’il y en avait eu une, mais non, et tout ce qu’on a entendu a été

le début de la pluie qui tombait sur le toit, mais pas très fort, discrètement, comme pour ne pas gâcher le moment.

C'est Jade qui a rompu le silence :

– Tout à l'heure, Lucrèce, tu disais que dans toutes les familles, de génération en génération, on se raconte ce qui s'est passé. C'est vrai, quand la famille se réunit, ce sont toujours les mêmes histoires qui reviennent... On les connaît, mais on ne s'en lasse pas vraiment.

On a tous approuvé.

– Chez moi, a dit Tom, à chaque fois, mon arrière-grand-oncle et mon arrière-grand-père se racontent leur guerre. L'un a été fait prisonnier, l'autre a été résistant. Ils font des concours de bravoure et de prouesses. Ils proclament : « Moi j'ai fait dérailler un train ! – Oui, mais moi, j'ai monté une radio clandestine ! – Moi, j'ai fabriqué de fausses cartes d'identité ! – Oui, mais moi, j'ai mangé un rat ! »

– Un rat ? Pouah ! on fait.

Nino a pris la parole :

– Dans ma famille, on est boulanger de père en fils. Avant, ils étaient en Italie, ils cuisaient la ciabatta, la fougasse aux herbes et aux olives, la pizza... La ciabatta, c'est la plus célèbre. Quand mon arrière-grand-père est arrivé en France, il a demandé comment ça se disait en français, « ciabatta ». Traduit, ça donnait pantoufle ! Alors sur sa vitrine il avait affiché : « Spécialité : pantoufles ! »

On a ri, et Nino a poursuivi :

– Et mon arrière-grand-père s'étonnait de ne pas avoir beaucoup de clients qui lui demandent des pantoufles... Après, il a compris, mais quand on lui a dit qu'en France, on avait par contre *les chaussons* aux pommes, il a ricané en disant qu'on n'allait pas le couillonner une deuxième fois !

– Savoureuse anecdote ! a commenté élégamment Lucrèce.

Gaston a raconté à son tour :

– Un peu plus, chez nous, on aurait eu un grand footballeur ! Mon oncle ! Gardien de but, il a eu un bref, très bref moment de gloire au cours d'une demi-finale régionale. Après avoir repoussé un tir hyper vicieux, un instant il s'est vu devenir la vedette d'un grand club, sa famille en larmes et hyper fière, et tout, et tout, mais deux minutes plus tard, paf, il s'est pris un tir en pleine tronche qui lui a cassé deux dents ! Passé direct du ciel à l'enfer !

– Le pauvre..., s'est apitoyée Ambre.

– Du côté de notre mère, ce sont des artistes ! a expliqué Elsa. Maman, jeune, a joué dans plusieurs pièces de théâtre... On a les programmes, avec sa photo de l'époque. Une pièce a été montée dans un beau théâtre à Paris, avec fauteuils de velours rouge et balcons ! Elle jouait avec un comédien vedette de l'époque, qui s'appelait Merlin Leroy ! Maman raconte que ce type célèbre était fou amoureux d'elle, mais que papa, après la représentation, un soir, l'a carrément *enlevée* ! Dans une belle voiture décapotable !

Mais Jade, sa sœur jumelle, a terminé :

– Pour la faire enrager, papa ajoute toujours qu'en fait, c'était sa collègue qu'il voulait kidnapper, mais que dans le noir, il s'est trompé !

On a éclaté de rire !

Lucrèce a repris :

– Toutes les familles ont leur histoire... et ça fait comme une longue chaîne de personnages... vous ne trouvez pas ?

On a hoché la tête :

– Si.

– Et jusqu'à nous, au bout de la chaîne. Et puis il y aura nos enfants, et les enfants de nos enfants... Pour construire la suite de l'histoire..., a rêvé Elsa.

– En fait..., a réfléchi Gaston, c'est comme une série pleine d'épisodes avec toujours plus de noms à ajouter au générique...

Léa ne disait rien. Mais, à ce moment-là, personne ne s'en est rendu compte, ou alors Gaston, peut-être, parce qu'il est son meilleur ami... En tout cas, s'il s'en est étonné, c'était en secret.

On avait quand même un peu trop chaud dans notre lit-cabane à baldaquin. On a levé les rideaux, comme au théâtre. Et on a ouvert la fenêtre. Le bruit de la circulation, assourdi, nous est parvenu comme un grondement de fauves lointains, et la pluie a joué du tambourin sur le rebord de la fenêtre et dans la gouttière.

À cause de la chaleur peut-être, Nino semblait un peu ensommeillé et dodelinait de la tête. Alors on a baissé d'un ton.

– Dans ma famille, nous a encore révélé Tom Bader, à la base, c'étaient des Alsaciens. Après ils sont devenus allemands, et puis à nouveau français... Personne n'y comprenait grand-chose, à tous ces changements. Mon père dit que c'est pour ça qu'il est devenu philosophe : un philosophe, ça doute beaucoup, et de tout, et ça lit beaucoup pour essayer de comprendre.

– Ah, c'est pour ça qu'il y a autant de livres chez toi ! s'est exclamé Ambre.

– Oui, a repris Tom. Et du coup, à cause de toute cette lecture, on a les yeux fragiles dans ma famille. Faut faire *très* attention, on pourrait devenir aveugle à force ! C'est à cause de ça que moi je fais bien gaffe de *ne jamais rien* lire ! Pour casser la malédiction !

On l'a regardé d'un air sceptique.

C'est alors qu'à notre grande surprise, Jade Stein lui a soudain lancé :

– Et ils n'étaient pas pour Hitler dans ta famille à moitié allemande?

Un bref malaise s'est installé entre nous, comme un nuage noir qui alourdirait l'atmosphère et pourrait faire éclater un orage imprévu.

Le menton en l'air, Jade a poursuivi:

– Parce que Hitler, le chef de guerre allemand, il a fait tuer plein de gens de notre famille... Tu le sais, ça!

Ahuri, Tom a répliqué:

– Ça va pas, la tête? Y a jamais eu d'assassin dans ma famille! C'étaient des intellos, je t'ai dit!

– L'un n'empêche pas l'autre..., a remarqué Lucrèce, ajoutant bien vite: je parle en général, évidemment...

Son frère, Léandre, a renchéri:

– Sous la Révolution française, par exemple, les intellectuels comme Robespierre ont fait la Terreur, et ils sont devenus des tyrans, des assassins!

– Oh, bah non ! Pas Robespierre, quand même ! s'est indigné Nino, se réveillant un peu, tout d'un coup. C'est le nom d'une école ! Vous avez déjà vu une école s'appeler du nom d'un assassin, vous ?

Non, on n'avait jamais vu, en effet.

Gaston s'est étonné :

– On nous dit toujours que, dans le temps, l'éducation était plus sévère, qu'on mettait des fessées, qu'on tirait les oreilles et tout ça, eh bien, dans ce cas, les tyrans sont bien la preuve que ça ne marchait pas très bien, leurs punitions, non ?

En tout cas, ça posait la question...

Ambre a proposé :

– Peut-être que, quand ils étaient enfants, ils n'étaient pas trop méchants... Peut-être qu'ils le sont devenus quand ils ont été grands...

– Ou après un traumatisme..., a renchéri Lucrèce.

Peut-être. Mais ce n'est pas indiqué dans nos livres d'histoire.

Ambre a avoué :

– Je ne sais pas trop ce que c'est, moi, d'être trop matisé... Mais je crois que, quand on a de vrais et bons amis, on n'a pas de place dans son cœur pour la méchanceté... Voilà.

Gaston a encore ajouté :

– Ce qu'il faut surtout, c'est bien orienter les élèves dans leurs études. S'ils sont mal orientés, ils ne savent pas quoi faire comme boulot, ils s'énervent, ils font n'importe quoi, ou ils veulent se venger, et ça tourne mal pour eux et pour tout le monde, et après, bonjour les dégâts ! C'est mon beau-père qui m'a expliqué.

Le beau-père de Gaston est conseiller d'orientation, alors bon.

– Peut-être..., a concédé Elsa. Parce qu'il paraît que Hitler, à la base, il voulait faire artiste-peintre, mais qu'il a raté son concours d'entrée dans l'école d'art...

– Ah, vous voyez! a triomphé Gaston.

Un ronflement a interrompu la discussion. On s'est tournés vers Nino. Il s'était endormi, assis et souriant, comme un Bouddha. Ça lui arrive aussi parfois en classe...

Alors Tom, espiègle, a proposé:

– On lui fait une blague?

– D'accord, mais pas méchante, hein? a répondu Ambre, qui est très sensible et aime bien qu'on s'entende tous bien, toujours.

On est sortis du lit en riant sous cape, et on s'est cachés dessous en attendant que Nino se réveille et constate, éberlué, qu'il était tout seul, installé comme un roi, au milieu d'un lit à baldaquin!

– Il va croire qu'il rêve..., a pouffé Jade. Qu'il se trouve dans le chapeau de Versailles ! Un truc de ouf !

– CHÂTEAU ! l'a-t-on corrigée, dans un bel ensemble.

– Oh, ça va ! Je sais, a bougonné Jade, mais les rêves, ça n'a rien à voir avec la réalité ! Alors il pourrait très bien se croire dans le chapeau de Versailles...

Jade aimant bien avoir raison même quand elle a tort, on a laissé tomber.

Sous le lit, on commençait à sentir le nez nous piquer et nous chatouiller, un peu de royale poussière sans doute.

– Dites, Marie-Antoinette a oublié quelques-uns de ses moutons sous le lit..., a chuchoté Léa.

– Y en a même tout un troupeau ! a fait Gaston.

On essayait de se retenir d'éternuer mais c'était pire, on riait, on pleurait, on se tortillait comme

des vers de terre là-dessous... et Nino qui ne se réveillait toujours pas !

À la fin, on est ressortis de là, un peu cradouilles.

Et Nino dormait toujours. Mais il était couché à présent, et, à notre stupéfaction, à côté de lui, sur l'oreiller, le chien Danton avait posé sa grosse tête et dormait aussi, bavant comme un gros bébé poilu.

– On ne l'a même pas entendu entrer ! On voit que c'est un chien de luxe : il a de vraies pattes de velours !

Comme notre ami semblait parti pour dormir cent ans comme la Belle au bois dormant, on est redescendus, on a retraversé la galerie sans glaces et sans marchands. Marie-Antoinette-Amour, nous entendant, a passé la tête par la porte de son petit bureau et nous a proposé :

– Il ne pleut presque plus. Si vous alliez sous la charmille, les enfants ?

– La charmille ?

– Oui, la tonnelle du jardin ! a traduit Lucrèce pour nous.

– Vous prendriez l'air sans vous faire mouiller, non ? Moi je dois travailler sur un dossier compliqué..., a dit Marie-Antoinette-Amour.

– OK ! On prend à boire et on y va ! ont fait Léandre et Lucrèce.

C'est joli, une tonnelle, c'est comme un très petit tunnel vert tendre, ou un berceau à l'envers ! Et cela sent très bon le parfum de chèvrefeuille.

On s'y sent bien abrité du monde, protégé. C'est un lieu charmant où échanger de doux secrets... Il pleuvait encore de délicates gouttelettes qui fondaient aussitôt qu'elles nous touchaient la peau, comme de tout petits baisers, presque imperceptibles. Et à travers le feuillage serré on ne voyait plus que des confettis de ciel...

Léandre et Lucrèce nous ont servi des jus de fruits, délicieusement frais.

– À quoi on pourrait jouer? a demandé Léa.

– Aux cartes?

– Vous avez un jeu des sept familles? Même si je suis grande, j'aime bien ce jeu...

– Non, je ne crois pas..., a répondu Lucrèce.

Léa a semblé un peu déçue.

Alors Gaston, son ami préféré et même un peu amoureux, a proposé:

– Je sais! On n'a qu'à jouer *quand même*.

– Quand même ? Mais... comment ?

– Sans cartes ! Ou avec des cartes imaginaires... On invente ! On dirait qu'on aurait... je ne sais pas, moi, un grand-père Capitaine Haddock qui dit plein de gros mots ! Une sœur sirène...

Après quelques instants d'étonnement, on a tous essayé.

– Moi, je veux un frère Grillon, et même *hachi* ! a braillé Tom.

On était éberlués.

– Tu veux un frère *insecte* capable de te cuisiner du hachis ? Drôle d'idée !

– Mais non, bouffon ! Grillon, c'est le nom d'un champion de karaté, et *hachi* c'est huit, en japonais, et comme vous êtes comme mes huit frères et sœurs... Bon, d'accord, laissez tomber, je vois que c'est un peu compliqué pour vos petites cervelles...

– Moi, j'aimerais une mère chanteuse pop et... un père Dragon ! a dit Jade.

On s'est excités :

– Moi, un père savant fou ! qui ferait plein d'expériences qui pètent !

– Un frère cosmonaute, genre Thomas Pesquet ! Il est trop beau !

– Moi, une sœur magicienne comme Mary Poppins !... Et un chien volant comme dans « L'histoire sans fin », a proposé Elsa...

– À propos de chien, quelqu'un n'irait pas voir si Nino est réveillé là-haut ?

Ambre a bondi :

– J'y vais ! Mais ne continuez pas sans moi, hein ?

C'est alors qu'on a eu cette vision, bizarre, d'un petit chignon posé comme une crotte sur un crâne, qui se déplaçait tranquillement le long de la palissade. Et, juste comme on s'en étonnait vaguement, la masse de feuillage de la tonnelle s'est mise à glisser, à passer de l'autre côté du mur comme si elle s'enfuyait !

– Qu'est-ce qui se passe? a gloussé Jade.

– La sorcière! Elle tire sur le feuillage qui dépasse de son côté! La brute! Notre tonnelle va être toute chauve! s'est exclamé Léandre.

La sorcière habite juste derrière. C'est une vieille femme aigrie, qui fait des choses un peu folles, et effraie les enfants du quartier.

Alors on s'est tous mis à tirer de notre côté, pour empêcher le massacre de la charmille. La pluie, accumulée dessus, nous trempait les cheveux, mais on résistait, moitié riant, moitié effrayés, car qui pouvait savoir si la sorcière n'allait pas nous lancer un mauvais sort!

Tout à coup, elle a lâché. Ou bien le feuillage, de son côté, a craqué. Bref. De notre côté, surpris, on a failli tous tomber à la renverse. Mais la tonnelle était sauvée et on a vu la petite crotte de chignon repartir en glissant le long de la palissade, comme elle était venue.

Sans un mot.

C'était ça le plus effrayant.

C'est alors que la tête d'Ambre est apparue à une fenêtre, en haut de la maison :

– Hé ! Il n'est plus là ! Je ne le trouve pas !

Un moment, tellement l'épisode de la sorcière emportant la tonnelle nous avait tous déstabilisés, on n'a plus su de qui Ambre parlait, qui n'était plus là, si c'était encore un coup de la sorcière.

Mais, tout de suite après, Ambre, inquiète, nous a remis les pendules à l'heure :

– Oh ! Vous montez ? Nino n'est plus là, je vous dis ! Y a plus que Danton dans le lit... Il se lèche les babines... Il n'a pas pu bouffer Nino pendant son sommeil, quand même, hein ?

– Bien sûr que non ! ont crié Léandre et Lucrèce, hilares à cette idée.

On s'est tous mis à rire. Nino disparu, c'était sûrement moins grave que l'apparition de la sorcière !

Mais, malgré tout, où était-il passé notre Nino ?

4
Nino a disparu !

On est rentrés dans la maison, et Ambre s'est étonnée :

– Bah, vous êtes trempés ? Il a plu tant que ça en cinq minutes ?

– On t'expliquera plus tard ! on a dit. L'urgence, c'est Nino à présent.

On l'a appelé :

– Nino ? Nino ? T'es où ?

On s'est adressés à Danton qui venait de débouler à fond de train :

– Tu sais où il est, toi ?

Le chien jappait comme un fou, tournait comme une toupie pour attraper sa queue, bref, faisait l'andouille.

– Il est idiot, ce clebs ! Quelqu'un pourrait l'arrêter ? Rien à en tirer…, a jugé Jade, un peu sévèrement sans doute, car Lucrèce lui a fait les gros yeux, et lui a rappelé en articulant bien le mot que le chien avait besoin d'en-cou-ra-gements, et pas de jugement !

– Et puis, tu vois bien que c'est un chien de noblesse, pas de détective…, a ajouté Ambre. C'est bien, le chien, c'est bien…, a-t-elle alors conclu, même s'il nous soûlait à mort.

On a visité toute la maison, de la cave au grenier, on s'est bien amusés. À la cave, on a vu deux yeux d'or qui brillaient. Elsa a hurlé :

– Des yeux d'or? Où ça?

– Là! a montré Léa.

Mais en fait c'étaient deux petits reflets ronds de soleil, sur une bouteille, rien du tout.

Au grenier, on a trouvé une malle, une vraie malle comme il y en a toujours dans les histoires où l'on parle de greniers.

– Il y a quoi dedans? on a demandé, super excités.

Ni Léandre ni Lucrèce ne le savaient.

On n'en revenait pas que ça existe pour de vrai, une malle authentiquement *mystérieuse*...

On s'est postés tout autour et instinctivement on s'est mis à chuchoter, car c'est ce qui se fait quand on tombe sur un mystère...

Peut-être qu'elle contenait un trésor, sauvé de la Révolution !

– Ou un crâne récupéré d'un ancêtre décapité..., a chuchoté Gaston.

– Les bijoux de la Reine..., a proposé Jade.

– Les petits vêtements du petit prince emprisonné..., a dit Ambre.

– Nino serait là, il dirait : « une réserve de nourriture en cas de pépin » ! a plaisanté Tom.

Alors Léa a chuchoté :

– Mais, au fait, si Nino était dedans ?

– Trop petite, cette malle..., a jugé Jade.

– À moins qu'on ne l'ait coupé en morceaux..., a rectifié Elsa.

On avait le rire nerveux.

– On l'ouvre ?

Mais non, on ne le pouvait pas. Elle était fermée à clé. Déception. Rogne.

– L'assassin a emporté la clé, en plus ! Tu vas demander à ta mère si elle en a un double ?

– Non. Quand elle travaille, elle ne veut pas qu'on la dérange. Elle nous a dit de jouer sous la charmille.

– Oui, mais CIRCONSTANCE EXCEPTIONNELLE ! DRAMATIQUE ! NINO A DISPARU, quand même ! a fait Elsa.

Tom a envoyé un petit coup de pied dans le coffre.

– T'es dedans, Nino ?

Pas de réponse.

– Nino, il reste du gâteau..., a chantonné Léa en faisant un clin d'œil à ses amis, car Nino le glouton ne résiste jamais aux petites douceurs des goûters.

Mais toujours rien.

– C'est la preuve..., a tranché Léa.

– Qu'il est vraiment mort? a encore tenté Elsa, qui adore les situations les plus romanesques, les plus dramatiques.

Devant le visage réprobateur de ses amis, elle a nuancé:

– Ou qu'il dort encore, mais dans la malle... Victime d'un sort... Bah oui, tiens! S'il était tombé sur la sorcière?

– Bah non! Puisqu'elle était avec nous! a dit Jade.

– Comment ça, avec vous? s'est étonnée Ambre. J'ai manqué un épisode?

Alors on lui a raconté ce que cette vieille dame un peu timbrée du siphon, et qui nous crie parfois des malédictions, venait de faire pour nous flanquer la frousse.

Ambre en a tremblé pour nous.

– Mais vous êtes sûrs que c'est elle ? Pas une bourrasque de vent ? Une tornade subite, un truc comme ça ?

– Tu as déjà vu une tornade avec un chignon ? a plaisanté Gaston.

– Elle est terrible ! a encore affirmé Jade. Quand un ballon atterrit dans son jardin, elle le crève !

– Avec ses ongles, en plus ! a renchéri Elsa, sa sœur jumelle.

– Et elle fouette les chats ! a encore ajouté Léa. Même les noirs, qui sont pourtant de son côté, normalement...

– Je ne suis pas sûre de regretter de n'avoir pas été là..., a fait Ambre d'une toute petite voix. Mais, si elle était occupée à vous faire peur, elle n'a rien à voir avec la disparition de Nino...

– Exact. Ou alors... elle se multiplie ! Elle peut se retrouver dans plusieurs endroits en même temps !

Évidemment, on n'y croyait pas vraiment. Mais on jouait à faire semblant, pour le suspense.

On est redescendus au rez-de-chaussée, quand même assez désorientés.

– Et si, ne nous voyant pas à son réveil, il était tout simplement reparti, Nino? Rentré chez lui..., a supposé Léa.

Chez lui, c'était à deux pas. Notre ami habite le rez-de-chaussée du petit immeuble qui jouxte le bar du bout. On a détalé jusque-là. Toqué à sa vitre.

– Hé! Nino!

Toujours rien.

Ça commençait tout de même à devenir angoissant, cette histoire.

– Faudrait prévenir ses parents, non?

– Ou les nôtres? Quel parent est en télétravail?

– Vaudrait pas mieux alerter tout de suite la police ?

– Les pompiers ?

– Le FBI ?

On hésitait, incertains de la bonne décision.

– NINO ! a encore braillé Gaston, d'une voix si terrible cette fois qu'on a tous sursauté.

Et c'est alors qu'on l'a aperçu. À l'autre bout de la rue. À l'entrée du jardin du bout.

On a couru jusqu'à lui. Soulagés. Ravis.

– Mais où étais-tu ? Pourquoi es-tu parti ?

Il a seulement dit cela :

– J'ai cru que vous m'aviez abandonné...

Et alors on a vu. Deux petits chemins de larmes sur ses joues. Nino avait pleuré. Tout seul. Au jardin du bout.

De la manche, il s'est essuyé les yeux, le nez, les joues.

À le regarder, Léa a senti sa gorge se serrer, les larmes monter, et Ambre aussi, dont le petit visage s'est crispé.

Tom a déclaré, scandalisé :

– Mais t'es complètement louf ! Pourquoi on t'aurait abandonné ? Tu es notre ami, abruti !

Gaston a renchéri :

– Pareil. Sauf le mot « abruti ».

Et Léandre et Lucrèce :

– On ne t'avait pas abandonné ! Au contraire, Nino ! On était descendus pour te laisser dormir. Et on t'avait laissé Danton, pour veiller sur toi.

– Comment as-tu pu croire une bêtise pareille ? C'est dans les contes que ça arrive ! Pas dans notre rue ! a encore lancé Elsa.

– J'ai cru..., ne pouvait que répéter Nino, tête basse, obstinément.

Ambre lui tenait la main, ne le lâchait pas. Elle a ordonné, d'une petite voix douce et solennelle à la fois :

– Faut plus jamais le croire, Nino... Tu promets?

Et Nino a hoché la tête, de haut en bas, docilement, et plusieurs fois, comme les petits chiens sur la lunette arrière des voitures qu'on voit, parfois.

– Dis-le. Promets-le. C'est trop triste...

– Je ne le croirai plus.

– Plus jamais. Répète.

– Plus jamais.

Bon.

On est restés là, encore agglomérés, embarrassés. L'émotion qu'on venait d'éprouver nous laissait tous un peu désemparés.

– Mais où vous étiez, alors? a enfin demandé Nino en se mouchant un peu dans sa manche comme un cochon – mais bon, tant pis. À mon réveil, je ne vous ai plus vus.

– On était sous la tonnelle, dans le jardin! On s'inventait un jeu des sept familles, spécial rigolo, a expliqué Léandre. Tu viens? On y retourne?

– Ou bien on reste ici, au jardin...

– C'est comme tu veux.

On s'est assis là où on a l'habitude, dans l'angle du petit parc, sur les troncs qui font banc. Ça fait un peu conseil d'Indiens. On aime bien.

Et on a expliqué notre jeu à Nino.

– Tu te choisis quoi, comme nouvelle famille ? on lui a demandé.

– J'sais pas..., a-t-il fait, décontenancé. J'aime bien la mienne...

– Mais nous aussi ! C'est juste pour jouer ! Imaginer ! Par exemple, toi qui es si gourmand – sans vouloir te vexer, hein ? – tu pourrais te choisir un grand frère chef de grand restaurant, ou... encore plus rigolo, un frère-robot-frigo toujours plein !... Ça ne te plairait pas ?

D'abord éberlué, Nino s'est esclaffé :

– Ah ouais ! OK ! Un grand-frère-robot-frigo rempli à ras bord ! Bonne idée ! Excellente même!... Et je pourrais avoir une petite sœur, quand elle ouvre la bouche, ça fait four à micro-ondes!

On l'a applaudi à grands cris:

– Génial, Nino! Bravo!

– Et un grand-papa-gâteau? lui a suggéré Lucrèce.

On avait tous les yeux brillants, l'excitation et le plaisir d'être tous ensemble, réunis, étaient revenus. On se poussait des épaules pour se faire tomber, et puis au dernier moment on retenait celui qui allait dégringoler, parce que c'est ainsi que font les amis, dans la vie.

– Alors, tu ne te sens plus abandonné, espèce d'idiot? a lancé Tom à Nino en même temps qu'une petite bourrade de rien du tout, comme font les chiots quand ils jouent.

Nino lui a rendu la bourrade, et a répondu:

– Je préfère ne plus en parler...

– Comme tu veux, mon n'veu ! a fait Gaston, souriant.

Mais, promenant son regard sur tous ses amis, il s'est arrêté à Léa, silencieuse, rêveuse, comme absente. Elle cueillait du sable dans sa main, le laissait filer entre ses doigts, il retombait en semoule de pluie fine, là d'où il venait.

– Ça va, Léa ? a-t-il demandé.

Tous alors on s'est tournés vers elle. Elle a rougi.

– Oui..., a-t-elle dit.

Mais c'était comme si sa voix nous parvenait de loin, affaiblie...

Gaston, qui connaît son amie par cœur, a sûrement deviné cette fois que quelque chose la tracassait encore. Mais il n'a pas osé lui poser de question. Chacun a ses secrets, s'est-il peut-être dit. Les secrets restent parfois cachés longtemps dans les esprits et les cœurs, qui sont comme des coffres-forts...

Mais Léa, elle-même, s'est décidée tout à trac. Et ce qu'elle nous a avoué nous a tous stupéfiés :

– Tout à l'heure, quand vous avez dit que les enfants abandonnés c'était seulement dans les contes, pas dans la vraie vie, et pas ici, dans notre rue, eh bah si... Parce que moi, mes parents m'ont adoptée quand j'étais toute petite... Oui. C'est vrai. C'est pas une histoire. On m'avait *vraiment* abandonnée.

Ça nous a fait à tous un de ces chocs !

Sidérés.

Comme en réponse à nos pensées, elle a déclaré :

– C'est pas quelque chose que je voulais vous cacher... C'est juste que... voilà, quoi.

Elle nous regardait et ses yeux nous disaient ce que sa bouche ne pouvait pas. Quelque chose entre « pardon », et « de toute façon, j'en n'ai rien à battre de ce que vous pensez ! ».

– Bah, c'est pas grave, a vite répondu Gaston.

C'est bien, même. Pas qu'on t'ait abandonnée, évidemment, mais qu'on t'ait adoptée... Je veux dire ces parents-là ! Sinon, nous, comment on t'aurait connue ?

Alors Léa a eu ce sourire timide, tendre, qui nous fait toujours craquer, et surtout Gaston. Ce sourire qui appelle le nôtre, en retour, et qui éclaire chacun de nos visages et plus même, s'étend un peu tout autour, nous faisant comme une souriante clairière.

– Non, c'est pas grave, tu as raison..., a-t-elle répété. Parce que j'ai une belle vie, dans une belle famille... Et que vous en faites tous partie...

– Évidemment ! a dit Gaston.

– Évidemment ! on a répété.

– C'est seulement que... moi, je ne peux pas dire, comme vous, à qui je ressemble... Parce que je n'en sais rien.

– À personne! s'est écrié Gaston. Tu es une fille UNIQUE!

Et tous on lui a souri encore, sauf Elsa, un peu jalouse, qui aurait a-do-ré être une fille unique.

5
Un petit frère venu d'ailleurs

Léa tripote ses chaussettes et ses lacets, poursuivant, les yeux baissés :

– Vous savez, parfois, je me dis même que j'ai de la chance. Parce que ça me fait *deux mères et deux pères,* en fait ! Les deux en vrai, en chair et en os – qui m'ont adoptée – et les deux autres, qui m'avaient faite, et qui m'ont *donnée* à l'orphelinat.

– Ma pauvre..., soupire Ambre. Mais c'est parce qu'ils ne te connaissaient pas...

– Non, non ! Pas du tout ! C'était pour que j'aie une plus belle vie, meilleure qu'avec eux, je pense... Ils voulaient mon bonheur, et, comme je suis heureuse, c'est réussi...

– Tant mieux ! s'exclame Elsa. Parce que moi, jusqu'ici, je connaissais seulement les orphelines dans les contes, et c'est pas pareil, je te le dis ! Elles en bavent drôlement avant de trouver le bonheur ! C'est *jamais* avant d'être adultes ! Et faut déjouer les maléfices, avoir une marraine-fée, trouver un prince... Dans les histoires, ça prend un temps fou !

Léa reprend :

– C'est peut-être bizarre, mais j'ai parfois l'impression que ma mère ne m'a pas complètement abandonnée, qu'elle m'accompagne... À sa façon... Je ne sais pas bien comment vous expliquer... Mais... je la sens comme une grande ombre bienveillante, qui me protégera toujours, par la pensée...

– Comme une espèce de fantôme, tu veux dire? fait Ambre, de sa toute petite voix flûtée. Moi, ça me ficherait un peu la trouille, je crois, de penser ça...

– Pas moi! réplique Lucrèce, ajoutant, pour nous expliquer: Quand ma grand-mère adorée est morte, je pleurais beaucoup. Alors on m'a dit que ma mamie ne disparaîtrait *vraiment* que le jour où plus personne ne penserait plus du tout à elle. Que la mort tuait seulement ceux que plus personne ne portait dans son cœur. Tant qu'on se souvient d'eux, les morts nous accompagnent, oui, comme des ombres. Et ça ne fait pas peur du tout! Au contraire! Ça nous aide quand on est triste, qu'on s'est fait disputer, qu'on se sent seul...

– Moi, affirme Nino crânement, il n'y a pas de mort dans ma famille. Aucun! J'ai tous mes oncles, tantes, cousins, parents, grands-parents, et même mes huit arrière-grands-parents, alors vous voyez ! On est tous de bons vivants, dit mon père ! C'est de naissance ! Déjà dans le ventre de ma mère, moi, j'étais un bon vivant, je gigotais, je faisais des galipettes, des farces !

Alors on se détend, et on s'esclaffe :

– Oh ! Quelles farces ?

– Au dernier moment, juste avant de naître, au lieu de sortir tête la première, comme font les bébés d'habitude, moi, je leur ai montré mes fesses !

On éclate de rire. Sacré Nino !

Il ajoute, goguenard :

– C'était pour me venger ! Ils croyaient que j'étais *une fille* ! Ils avaient prévu de m'appeler Ninon ! Vous vous rendez compte de l'erreur ? Alors je suis sorti les fesses et le zizi en premier, pour qu'ils comprennent tout de suite la boulette !

On rit tellement qu'on n'en peut plus. Nino, ravi de notre hilarité, achève son récit :

– Ma grand-mère avait déjà brodé « Ninon » sur tous mes petits vêtements et mes petits draps ! Pour qu'elle n'ait pas trop de boulot à tout débroder, avec tous ses rhumes-à-tristes dans les doigts en plus, on m'a appelé « Nino ». Comme ça, y avait plus que le *N* de la fin à enlever, c'était un moindre mal ! Mais quand même...

– Quoi ? on crie d'une seule voix, captivés par son récit.

– Mais quand même j'ai dû porter et dormir dans du rose jusqu'à deux ans ! Et j'ai même encore une taie d'oreiller rose, avec une petite fée brodée dessus...

Nouveaux éclats de rire. On en jappe, on en hulule, on en barrit, on en meugle, on en brame ! Elsa se tient le ventre, dit qu'elle rit trop fort, que ça lui fait mal, qu'elle va éclater !

Léa, rassérénée, rit aussi fort que nous tous et jure qu'elle va en faire pipi dans sa culotte !

Quelle aventure que le début de vie de notre ami Nino!

Quelle aventure que tout début de vie...

Car à présent chacun de nous raconte:

– Moi, c'est mon père qui a choisi mon prénom de Gaston. Parce que je suis arrivé complètement par surprise. Personne n'était prêt, mon père même pas là! Et je suis sorti comme un boulet de canon! D'un coup! « Oups! il a dit, mon père. On va t'appeler Gaston, comme Gaston Lagaffe! Et comme notre nom de famille c'est Legoff, ça sonne presque pareil! »

– Ah! C'est pour ça... Tout s'explique! fait Tom, moqueur.

– Pour ça quoi ? demande Gaston, le sourcil froncé, faussement menaçant. Vas-y ! Accouche, c'est le moment !

– Pour ça que t'es gaffeur ! Que tu ne sais jamais quelle date on est, que tu es même allé en courant à l'école UN MERCREDI, une fois !

À ce souvenir-là, qui a fait le tour de tous les habitants de la rue, on rigole encore un bon coup, et Gaston fait semblant de bouder pour ajouter à notre plaisir, mais, en fait, ses yeux rient autant que nos bouches.

Ambre, elle, nous avoue qu'elle aurait préféré s'appeler Jade, alors Jade se rengorge, contente d'être enviée de sa petite sœur. Mais Ambre explique ensuite que c'est parce qu'elle a les yeux bleu-vert, de la couleur du jade, alors que sa sœur Jade a justement les yeux brun orangé, la teinte de la roche d'ambre ; comme si leur créateur s'était emmêlé les pinceaux en peignant la couleur de leur iris respectif.

– N'importe quoi ! fulmine Jade. J'ai pas du tout les yeux *orange* ! Elle délire !

Et elle écarquille les yeux pour qu'on en juge, et Ambre les siens, pour qu'on en juge aussi, mais nous on s'en tape tous un peu, alors on ne le fait pas ; et Ambre se chope une poussière dans l'œil, ou un moucheron, on ne sait pas, mais ça la fait pleurer. Elsa doit lui passer un mouchoir. Et voilà.

Pendant ce temps, Léa poursuit, pensive :

– Je ne sais pas si ma mère de naissance m'avait trouvé un nom... Si oui, j'aurais bien aimé savoir lequel... En tout cas je sais que mes parents m'ont appelée Léa... parce qu'ils trouvaient que chanter sur tous les tons « Léa est là ! » sonnait très bien. Et, comme mon père est musicien...

– Il te va très bien, ce prénom-là, de toute façon ! affirme Gaston, qui est amoureux de Léa depuis la maternelle, de tout Léa, depuis ses cheveux en chignon jusqu'à ses petits pieds si légers, sa peau caramel et soleil, en passant par son grand front et son petit menton tout rond...

– Et ta mère de naissance devait être super belle parce que tu es trop jolie ! ajoute Ambre avec conviction. Et je trouve tes parents très gentils... Sincèrement ! insiste-t-elle, soucieuse d'être aussi juste que possible, de n'oublier personne dans ses compliments sincères.

– Merci..., lui répond tout simplement son amie Léa.

– Et puis, un jour, tu auras peut-être un petit frère, adopté, comme toi... Un nouveau personnage dans l'histoire de ta vie ! s'écrie alors Elsa, de façon un peu théâtrale – elle est toujours un peu comme ça, Elsa.

Là, Léa ne répond pas.

Parce que c'est à cet instant qu'elle l'aperçoit :

Dimitri.

Le petit garçon étranger qui arrive parfois en camionnette, avec son père, dans leur rue. Le père gare le véhicule, va au bar boire quelques coups avec d'autres clients, et l'enfant reste dans la camionnette, ou en sort furtivement, selon l'heure et le temps. Léa pense qu'elle est la seule à l'avoir remarqué, ce passager plus ou moins clandestin de leur rue. Elle n'en a jamais parlé à personne en tout cas. C'est son secret. Mais Dimitri est arrivé plus tôt que d'habitude, ce jour-là, juste au moment où Elsa parlait d'un possible petit frère encore inconnu, mais qui pourrait débarquer un jour, dans sa famille à elle, Léa, où il serait tendrement chéri comme elle l'est.

Alors lui vient une idée un peu folle, mais qui s'incruste, tenace. Et si cela pouvait être lui, Dimitri, ce petit frère encore inconnu ? Cet enfant ni abandonné ni perdu et qui pourtant semble si seul ?

À cet instant, il a appuyé sa tête contre la grille, son petit visage encadré par les barreaux verts du jardin du bout. Il se demande peut-être s'il peut y entrer, si on va le remarquer, s'il y a du danger, et lequel… Tout est si difficile quand on est une sorte de hors-la-loi, qu'on n'a le droit d'exister ni ici ni là… Il se tient des deux mains aux barreaux, comme un prisonnier regardant le dehors, là où se trouve le bonheur interdit…

« Oh ! se dit Léa, comme je voudrais qu'il entre... S'il vous plaît, tous les dieux de la Terre et de tout l'Univers, faites qu'il entre dans notre jardin, qu'il s'approche de nous... Alors moi j'irai le chercher, il entrera dans notre groupe d'amis, on dira qu'il est mon petit frère, je le protégerai... ! Il habitera avec moi, et plus dans sa camionnette pourrie ! S'il vous plaît, les étoiles filantes, reines de tous les vœux, s'il vous plaît, les coccinelles, les bêtes à bon Dieu, et les brins de muguet qui portent bonheur, les arcs-en-ciel qui autorisent tous les souhaits, s'il vous plaît, s'il vous plaît... »

À ce moment, Léa est toujours près de nous, mais nos voix lui parviennent comme de très loin, comme d'un autre pays, d'une autre galaxie.

Dimitri fait un pas vers l'entrée du jardin du bout, puis deux, puis trois... Le cœur de Léa bat comme un fou : « Encore un pas ou deux, Dimitri, et tu entreras dans notre royaume... »

Mais...

Qui accourt, se précipite, bouscule Dimitri, déboule, s'élance, bondit, qui ?

DANTON ! « Ce gros THON de Danton ! » pense Léa, follement furieuse.

Pris de peur, de panique, Dimitri détale, s'enfuit. Léa saute du tronc où l'on était tous encore assis en rond ! On la regarde avec stupéfaction, tandis que Danton se jette sur Lucrèce et la lèche comme si elle était couverte de sucre, la faisant même tomber à la renverse.

– Danton ! Arrête ! lui crie-t-on. Les jardins municipaux sont interdits aux chiens ! Fiche le camp de là, crétin ! Qui t'a ouvert la grille ? Ou qui l'avait mal fermée quand on est partis ? Qui est l'andouille sortie en dernier ?

On fait un foin pas possible au fond du jardin, et Danton, croyant à un jeu, se précipite sur chacun de nous pour le renverser. Lucrèce se relève péniblement, couverte de poussière.

Léa a couru à la grille, mais elle ne voit déjà plus Dimitri.

A-t-il eu le temps de parvenir à la camionnette, de s'y engouffrer ?

Ou bien se cache-t-il à présent dans les hautes herbes de la maison abandonnée depuis si longtemps que plus personne ne sait exactement par qui ni pourquoi ; cette maison que la végétation a envahie, dont les fenêtres ont été murées depuis des années, même si un escalier de fer rouillé, derrière, permet aux alpinistes et aventuriers amateurs d'accéder au toit ; et de là, peut-être, par les trous de la toiture dont plusieurs tuiles se sont envolées, de pénétrer dans l'antre noir de l'espace muré et toujours inhabité, sauf par les chauves-souris et autres bestioles. Cette maison que les parents ont interdite aux enfants, parce qu'elle est devenue trop dangereuse.

Comment savoir si Dimitri en connaît les secrets ? S'il s'y est dissimulé ? Et si oui, quand va-t-il en sortir ?

« Pas avant longtemps, sûrement... Il a eu bien trop peur... », pense Léa découragée.

Elle est sortie du jardin du bout maintenant, et elle contemple la façade de la maison abandonnée aux herbes, au lierre, aux chats plus ou moins errants, aux oiseaux et aux souris...

– Dimitri..., appelle-t-elle, mais à voix si ténue, si faible, qu'il n'y a aucune chance, si, rapide et agile comme un écureuil, il est entré à l'intérieur, qu'il puisse l'entendre. Mais plus fort, elle n'ose pas. Cela avertirait les autres, les voisins, son père, la police, les adultes, qui tous voudraient s'en mêler, décideraient de la vie de cet enfant sans lui demander son avis, tous ceux qui sans doute, dans une langue qu'il ne connaît pas, exigeraient des papiers qu'il n'a sans doute pas...

– Si Maud était là, peut-être..., pense Léa.

Maud est une adulte, bien sûr, mais elle est aussi comme nous : en tout cas, de notre côté. Elle habite au numéro 10 de notre rue Barbe, mais elle n'est pas chez elle à cette heure-ci. Avocate, elle est occupée à défendre ceux qu'on veut enfermer pour se protéger, mettre à l'abri nos biens et nos maisons. Elle défend tous ceux, fous, ou idiots, ou méchants, qu'on ne veut plus voir ni avoir dans nos pattes et que, pour cette raison, on envoie à l'asile ou en prison. Et, les jours où elle ne s'occupe pas d'eux, Maud s'occupe gentiment de nous, même si on n'est ni fous ni dangereux... Ça lui fait des vacances.

Mais même Maud... Léa hésiterait. Parce qu'elle n'a envie de voir *personne* entre elle et Dimitri... Personne. La preuve : Gaston l'a rejointe devant la grille de la maison abandonnée.

– Ah ! Tu es là ! Je te cherchais ! Qu'est-ce que tu regardes ? s'étonne-t-il.

– Rien..., répond Léa.

Et disant cela, elle est satisfaite de ne pas mentir à son meilleur ami, car, effectivement, Dimitri a disparu, s'est évaporé comme par enchantement, et non, décidément, ni dans la rue ni dans le jardin de la maison abandonnée, on ne voit plus *rien*.

Dimitri s'est caché, bien caché. Pas comme nous, quand on joue à cache-cache : on a envie qu'on ne nous trouve pas trop vite mais, rapidement, on s'ennuie, caché, tout seul dans notre coin... Au bout d'un moment, on se demande si les autres ne nous ont pas totalement oublié... Alors on laisse dépasser un peu quelque chose, un pied, le sommet du crâne, ou l'on fait un minuscule petit bruit, un raclement de gorge, on pouffe de rire, quelque chose qui attirera l'attention du chercheur. Et, quand il nous découvre, on fait un peu semblant d'être fâché, mais en fait on est ravi ! L'ennui est fini, on n'est plus seul, on se remet à exister !

Dimitri, lui, ne veut *vraiment pas* qu'on le retrouve. Il sait se fondre dans le paysage, dans la foule. À force d'immobilité, il pense qu'il peut devenir un autre, ou même arbre, poteau, panneau, rocher, poubelle, ombre, et même ombre d'une ombre, jusqu'à l'invisible.

S'il doit bouger, ce sera souplement, subrepticement, nonchalamment, imperceptiblement, comme un chat, un serpent, un oiseau.

Léa devine cela, sait qu'il fera tout pour qu'elle ne l'aperçoive nulle part.

Mais elle espère aussi qu'il la voit, elle, qu'il *sait* qu'elle le cherche, et que cela signifie qu'il n'est plus tout seul quand il est tout seul, dans cette rue.

6
Le jeu invisible

La pluie se remet à tomber, plus drue, et notre petite bande crie sous les larges gouttes d'eau qui s'écrasent sur nous.

On sort en piaillant du jardin, on rejoint Gaston et Léa devant la maison abandonnée.

– Dommage que tout ait été muré ! lance Tom. On aurait pu s'y abriter !

C'est alors que Maud arrive. Elle marche sous la pluie exactement comme s'il faisait soleil !

Sans parapluie, ni imperméable, ni rien, cheveux au vent. Son sac paraît lourd. Sans doute est-il plein de dossiers qui contiennent des kilos de chagrins, écrits par de pauvres gens qui l'appellent au secours.

Notre nuée d'enfants se précipite vers elle, et Gaston lui propose :

– Je vais porter ton sac, Maud !

Elle le lui tend, souriante :

– Merci, jeune chevalier ! Vous êtes bien aimable de venir en aide à une femme en détresse !

Et elle entre directement, car elle ne ferme jamais ses portes à clé. Non parce qu'elle ne croit pas aux voleurs, mais tout au contraire parce qu'elle les connaît bien et sait parfaitement que ce n'est pas une porte fermée à clé qui va les arrêter. Elle préfère qu'ils entrent tranquillement, « sans rien péter ! » dit-elle, ajoutant : « Au cas où ; ça me fera du ménage en moins ! »

Pas la peine qu'elle nous invite à entrer, chacun de nous sait qu'il est toujours le bienvenu chez elle, Maud n'en chasse personne. Ni les chats errants, ni les chiens paumés, ni les araignées frileuses, ni les oisillons qui se sont trompés de direction et ont atterri chez elle au lieu de leur nid.

On s'installe dans sa petite véranda, et elle va direct dans sa cuisine, et, aussi efficace que Mary

Poppins, elle apporte des verres à moutarde ornés de nos héros favoris, du lait tiède et du miel à faire fondre dedans.

Et puis elle nous plante là, s'installe dans sa cuisine, nous oublie.

On est sûrs qu'on peut parler, se dire des bêtises ou des secrets, Maud ne nous espionnera pas, ne nous écoutera même pas !

Autour de sa table presque ronde (oui, elle est marrante, sa table, à Maud, on dirait que le menuisier qui l'a fabriquée a commencé par l'imaginer ronde, et puis tout à coup il a changé d'avis, ou sa femme a rouspété qu'elle lui avait clairement dit « carrée », alors il s'est dit : « Crotte, je ne vais pas tout recommencer, ce sera moitié-moitié »), on sirote notre lolo, comme des bébés.

– On n'a pas fini notre partie de cartes du jeu

des sept familles..., relance Jade. On continue d'y jouer?

– Sans les cartes, alors? En imagination?

– Oui! C'est ce qu'on avait dit, tout à l'heure, avant que Nino ne s'enfuie et tout ça...

À ce souvenir, le visage toujours bonhomme de Nino s'affaisse un peu.

– J'avais dit que je ne voulais plus qu'on en parle...

– OK! on dit.

– Je ne veux même plus que vous y pensiez!

– OK, on dit encore.

Léa ajoute:

– Enfin, on essaiera. Parce qu'on ne peut pas faire que ce qui a été dit ou fait n'ait pas existé... On peut juste faire *comme si*...

– Ça me suffit..., dit Nino. Faites comme si. Comme aux cartes, c'est tout.

– OK.

– C'est moi qui commence ! décide Elsa, sa main retournée, doigts écartés, le pouce à l'intérieur comme si elle tenait ses cartes en main. Je demande à... Gaston : je voudrais, euh... la mère Michel ! pouffe-t-elle. Tu l'as ?

Tous, les doigts en éventail tenant d'invisibles cartes, nous balayons du regard notre jeu invisible.

– Non ! Elle est partie chercher son chat ! répond Gaston, ajoutant : Mais, justement, est-ce que Léa aurait le père Du-son-chat ?

– Waouh ! bravo pour le jeu de mots ! s'exclame Lucrèce.

Venant d'elle, si forte en français, le compliment fait plaisir à Gaston.

– Non ! réplique Léa. Je n'ai pas le père Du-son-chat. Mais moi, je demande à... Jade... la *père* de lunettes !

Gaston applaudit à tour de bras, mais Jade s'offusque un peu :

– Je ne sais pas si c'est valable, mais bon… Je ne l'ai pas, pioche. Moi je voudrais… le père Hoquet, je répète : le Perroquet, je répète : le Perroquet !

– Arrête ! lui crie-t-on. Tu nous prends la tête ! On ne l'a pas, on ne l'a pas, on ne l'a pas !

– À moi ! dit Tom. Je voudrais… la fille… heu… La fille… attendez, je réfléchis… La fille D'Attente-Devant-La-Poste ! C'est une noble ! Alors je la demande à Lucrèce.

– Je l'ai ! dit Lucrèce. Tiens, tu as de la veine !

Et elle lui tend une carte invisible que Tom prend délicatement et replace au centre de son jeu, poursuivant :

– Et maintenant, à Ambre, euh… euh, la mère Veilleuse !

– Bien joué ! s'exclame Ambre. Et moi, je voudrais père Riphérique ???

Tout à coup, on s'avise :

– Mais pourquoi tu ne demandes rien, Nino ? Tu as quoi dans ton jeu ?

Nino semble embarrassé. Il grogne :

– J'y arrive pas. Je n'sais pas comment vous faites pour jouer comme ça, rien qu'avec des mots… Moi je ne vois rien que mes doigts dans mes mains… Je suis bloqué. Je vois personne.

On éclate de rire. Et Elsa s'écrie :

– Bravo, Nino ! Père Sonne ! Ça, c'est très malin ! T'as gagné ! Tu vois, ce n'était pas la mère Hic !

On pouffe de rire.

– Ah bon, j'ai gagné ? nous demande Nino décontenancé. Eh bah tant mieux ! Mais, honnêtement, je ne sais pas bien comment…

Gaston le gratifie d'un dernier compliment :

– C'est ça, la grâce, Nino, la marque des meilleurs joueurs ! C'est leur instinct qui parle ! Dommage, il me restait le père Mis-de-conduire…

– Allez, on range les cartes !

– Oh, attention, Nino, t'en as fait tomber une ! dit Tom, malicieusement.

– Où ça ? demande Nino, plongeant sous la table, par réflexe.

On croit l'avoir encore berné. On s'étrangle de rire. Mais il remonte, vite fait, brandit sa main vide et nous proclame, en détachant bien les syllabes pour nous montrer tout son talent :

– Je l'ai ! Belle *père Formance*, non ?

On est sincèrement bluffés.

– Oui. Bien joué, Nino ! reconnaît Gaston.

Son sourire heureux nous fait fondre le cœur.

7
La grande famille des humains

Il va être l'heure de rentrer chez nous, la pluie a bien diminué, les escargots pointent leurs cornes sous les feuilles, et commencent à escalader le mur de la maison de Maud. On en voit plusieurs, tout près les uns des autres.

– Une petite famille de gastéropodes partie en balade ! s'exclame Maud.

Alors, après un bref instant, Léandre déclare :

– Dans le fond, moi je crois que ce qui compte *vraiment* pour faire une famille, c'est seulement qu'on vive ensemble, non?... Qu'on soit *bien*, tous ensemble. Nous, par exemple, tous les neuf, on est bien tous ensemble, alors on peut dire qu'on forme une famille, en quelque sorte...

– C'est vrai! approuve Léa. La famille des enfants de la rue Barbe! énonce-t-elle alors, les yeux soudain brillants.

– « Les neuf de la rue Barbe! » Ça ferait un bon titre de série, je trouve! dit Elsa.

– Si on va par là, on fait même partie d'une plus grande famille! poursuit Gaston. Celle de *tous* les enfants du quartier, qui vont à la même école, jouent ensemble à la récré!

– Sauf quelques-uns..., nuance Ambre. Je refuse que Jean Poulain, par exemple, qui attaque tout le monde, fasse partie de notre famille!

– Et moi je ne veux pas de Maria Legrand dans la mienne ! Elle est menteuse, rapporteuse, bête, et moche ! ajoute Jade.

– Tu ne peux pas ! rétorque Léandre. La famille, on n'en choisit pas les membres ! Y en a des chouettes, des moins chouettes, c'est comme ça, c'est la di-ver-si-té !

Ambre et Jade se renfrognent un peu.

– Mais elle est encore bien plus grande que ça, notre famille, continue Léandre. Si une famille est composée des gens qui vivent près les uns des autres, alors elle comprend TOUS les gens du quartier !

– Même la sorcière de la maison derrière..., s'étonne Ambre. T'es sûr ?

– Même ! Et plus ! clame Léandre. *La ville* entière !

Et il s'enflamme : – Et *toute la France* ! Et *l'Europe* ! *Et le monde entier* ! Puisque, en fait, on fait tous partie de LA GRANDE FAMILLE DES HUMAINS !

Waouh!

Là, on s'arrête parce qu'on éprouve une espèce de vertige tellement ça nous paraît énorme.

Mais Tom reprend:

– En plus, si les humains sont classés dans la grande famille des vertébrés, ça veut dire que les animaux vertébrés eux aussi font partie de notre famille! Les apprivoisés *et* les sauvages, tous!

– Mais faut pas laisser de côté ceux qui n'ont pas de côtelettes, réprouve Nino. Ce ne serait pas juste. Ils sont vivants, eux aussi, je te rappelle...

Alors Léa s'écrie:

– Tu as raison, Nino. En vrai, faut dire comme ça: On fait tous partie de l'immense famille des êtres vivants... Celle des gens, des animaux...

– ... Et même des arbres, des plantes aussi, alors, parce qu'ils vivent, puisqu'il y a des arbres morts..., dit Ambre.

– Tout ce qui naît, grandit, vieillit et meurt fait partie de la même famille..., résume Gaston.

Quelques minutes passent. On a l'impression d'avoir tout énuméré, mais Léa ajoute encore, comme si la liste ne devait jamais finir :

– Vous ne pensez pas qu'en plus, il faudrait aussi compter tous les personnages qui n'existent pas dans la réalité : les héros des histoires et des films qu'on aime... Ils nous accompagnent comme des sœurs, des frères... Ça compte, non ?

Oui, ça compte.

– Alors il nous faut une grande, une immense maison..., souffle Elsa. Qui n'a ni portes ni murs pour nous séparer...

– Grande comme... *le monde*..., souffle Ambre.

– Et le toit, ça pourrait être le ciel..., fait Nino.

C'est complètement fou ! Sidérant.

On en reste tout étourdis.

Comme si on venait de faire un grand saut dans le vide.

Ou dans l'espace.

On ouvre la porte-fenêtre de Maud sur le nouveau monde. Un grand, un fort courant d'air entre comme un cheval au galop.

Il nous décoiffe, nous fait un peu frissonner.

– Mais alors..., s'étonne Ambre soudain, si on est tous de la *même* famille... Les étrangers, en réalité, ça n'existe pas...

– Et il ne devrait pas y avoir de guerre, non plus..., ajoute Nino.

C'est vrai. Ça nous chiffonne un peu.

Tom objecte :

– Oui, mais bon, dans toutes les familles, y a

des disputes, des tensions, on se sépare, on se retrouve, c'est la vie...

C'est vrai aussi.

Léa a une autre hypothèse :

– Peut-être que les adultes n'ont pas pris le temps de réfléchir autant que nous.

– Ou alors, suggère Léandre, on le sait quand on est enfants, mais après, quand on grandit, on l'oublie... Comme Wendy qui, devenue grande, ne sait plus voler alors que Peter Pan, si, parce qu'il est demeuré un enfant...

– Nous, faudra pas qu'on l'oublie ! déclare Ambre, fermement.

Non, il ne faudra pas.

Alors on se jure que, si un de nous oublie qu'on fait tous partie de la même famille des êtres vivants, un autre le lui rappellera. On se le jure mais sans cracher par terre, parce qu'on est chez Maud et que ce serait dégoûtant.

D’ailleurs...

– C’est l’heure d’y aller, les enfants ! nous crie Maud.

On rapporte les verres à moutarde dans la cuisine, chacun rince le sien. Maud lève la tête et dit seulement :

– C’est bien, les enfants, merci.

– Au revoir, Maud ! on lui crie.

– Oui, au revoir ! Et ne refermez pas la porte derrière vous, surtout !

– T’inquiète !

Sur le rebord de sa fenêtre est couchée sa chatte tigrée aux yeux d’or. Sur son tout petit morceau de jardin, deux petits nains de plâtre, abîmés par les intempéries et d’autres aléas de la vie, sourient quand même. Un arbre mort demeure, qu’il soit sans vie ne l’empêche pas d’exister encore. Des oiseaux s’y posent toujours, un lierre l’entoure.

Du coup, Léa se pose encore une question, mais pour elle toute seule :

« Est-ce que les morts, qui évidemment ne sont plus vivants, ne font vraiment plus partie de la famille ? Ou encore un peu, mais autrement ? »

Dehors, la pluie s'est remise à tomber encore, mais moins fort. Elle lave le monde. Demain, il sera plus vif, plus joli. Les lanternes chez les de Soulac sont restées allumées. Dans le halo, on voit très bien la pluie éclairée en gros plan.

Chaque goutte juste avant qu'elle ne tombe sur la terre et y disparaisse, s'y enfonce, donne à boire aux fleurs, aux petites bêtes sauvages, aux insectes, aux arbres, aux champignons.

Avec la nuit qui vient, les couleurs s'effacent, comme avalées. Mais on sait bien que, même invisibles, elles continuent d'exister.

Le ventre de Nino s'est remis à gargouiller.

– Ah, v'là mon alarme ! constate-t-il. C'est l'heure ! Salut, la famille !

– Salut, Nino ! Salut, tout le monde !

– Salut !

– À demain !

– À deux pieds !

On se claque la paume, on se shoote la cheville, aïe, aïe, pas trop fort ! On se fait un signe de la main, et même Lucrèce, qui possède un mouchoir en tissu blanc de l'ancien temps, l'agite, comme les gens sur les quais de gare, dans les vieux films en noir et blanc, à l'époque où il fallait imaginer les couleurs du monde.

Et chacun rentre chez soi, dans sa toute petite, petite maison, et auprès de sa toute petite, petite famille.

Cet ouvrage a été mis en pages
par DV Arts Graphiques à La Rochelle

Impression réalisée par La Tipografica Varese
en avril 2021
pour le compte des Éditions Bayard

Imprimé en Italie